Roberta Barbuscia

L'amore è un'altra cosa

La violenza di genere: un fenomeno sociale

Albatros

www.gruppoalbatros.com - info@gruppoalbatros.com

ISBN 978-88-306-2046-9

I edizione maggio 2020

Finito di stampare nel mese di magio 2020
presso Rotomail Italia S.p.A. - Vignate (MI)

Distribuzione per le librerie **Messaggerie Libri Spa**

NuoveVoci

I SAGGI | SAGGISTICA

L'amore è un'altra cosa

La violenza di genere: un fenomeno sociale

Nuove Voci

Prefazione di Barbara Alberti

Il prof. Robin Ian Dunbar, antropologo inglese, si è scomodato a fare una ricerca su quanti amici possa davvero contare un essere umano. Il numero è risultato molto molto limitato. Ma il professore ha dimenticato i libri, limitati solo dalla durata della vita umana.

È lui l'unico amante, il libro. L'unico confidente che non tradisce, né abbandona. Mi disse un amico, lettore instancabile: *Avrò tutte le vite che riuscirò a leggere. Sarò tutti i personaggi che vorrò essere.*

Il libro offre due beni contrastanti, che in esso si fondono: ci trovi te stesso e insieme una tregua dall'identità. Meglio di tutti l'ha detto Emily Dickinson nei suoi versi più famosi

Non esiste un vascello come un libro
per portarci in terre lontane
né corsieri come una pagina
di poesia che s'impenna.
Questa traversata la può fare anche un povero,
tanto è frugale il carro dell'anima

(Trad. Ginevra Bompiani).

A volte, in preda a sentimenti non condivisi ti chiedi se sei pazzo, trovi futili e colpevoli le tue visioni che non assurgono alla dignità di *fatto*, e non osi confessarle a nessuno, tanto ti sembrano assurde.

Ma un giorno puoi ritrovarle in un romanzo. Qualcun altro si è confessato per te, magari in un tempo lontano. Solo, a tu per tu con la pagina, hai il diritto di essere totale. Il libro è il più soave grimaldello per entrare nella realtà. È la traduzione di un sogno.

Ai miei tempi, da adolescenti eravamo costretti a leggere di nascosto, per la maggior parte i libri di casa erano severamente vietati ai ragazzi. Shakespeare per primo, perfino Fogazzaro era sospetto, Ovidio poi da punizione corporale. Erano permessi solo Collodi, *Lo Struwwelpeter*, il London canino e le vite dei santi.

Una vigilia di Natale mio cugino fu beccato in soffitta, rintanato a leggere in segreto il più proibito fra i proibiti, *L'amante di Lady Chatterley*. Con ignominia fu escluso dai regali e dal cenone. Lo incontrai in corridoio per nulla mortificato, anzi tutto spavaldo, e un po' più grosso del solito. Aprì la giacca, dentro aveva nascosto i 4 volumi di *Guerra e pace*, e mi disse: "Che me ne frega, a me del cenone. Io, quest'anno, faccio il Natale dai Rostov".

Sono amici pazienti, i libri, ci aspettano in piedi, di schiena negli scaffali tutta la vita, sono capaci di aspettare all'infinito che tu li prenda in mano. Ognuno di noi ama i suoi scrittori come parenti, ma anche alcuni traduttori, o autori di prefazioni che ci iniziano al mistero di un'altra lingua, di un altro mondo.

Certe voci ci definiscono quanto quelle con cui parliamo ogni giorno, se non di più. E non ci bastano mai. Quando se ne aggiungono altre è un dono inatteso da non lasciarsi sfuggire.

Questo è l'animo col quale Albatros ci offre la sua collana **Nuove voci**, una selezione di nuovi autori italiani, punto di riferimento per il lettore navigante, un braccio legato all'albero maestro per via delle sirene, l'altro sopra gli occhi a godersi la vastità dell'orizzonte. L'editore, che è l'artefice del viaggio, vi propone la collana di scrittori emergenti più premiata dell'editoria italiana. E se non credete ai premi potete credere ai lettori, grazie ai quali la collana è fra le più vendute. Nel mare delle parole scritte per esser lette, ci incontreremo di nuovo con altri ricordi, altre rotte. *Altre voci, altre stanze.*

INTRODUZIONE

La violenza di genere e, più precisamente, la violenza inaudita cui sono soggette donne e sovente anche minori rappresenta una delle tematiche più delicate e controverse degli ultimi tempi.

È ormai dibattuto, da convenzioni europee e linee guida nazionali territoriali, il *modus operandi* al quale è opportuno fare riferimento per affrontare e contrastare tale drammatica realtà.

Donne vittime di violenza domestica alla quale segue inevitabilmente la violenza assistita in caso di figli, spesso minori, i quali subiscono da ex partner, conviventi, padri di famiglia, parenti vicini e lontani comportamenti abusanti e maltrattanti.

Gli autori di tali oscenità abusano della propria vicinanza parentale per dare sfogo a comportamenti costituenti azioni inaudite e deplorevoli.

Un aspetto di gran lunga dibattuto risiede nell'assoluta gratuità di tali gesti, che privano le vittime non solo della serenità e del benessere personale, ma anche talvolta, nei casi più disparati, della libertà individuale attraverso il tentativo di isolamento, che spesso sfocia in una vera e propria segregazione sociale.

La famiglia è o dovrebbe essere un nucleo portatore di accudimento e protezione, una sorta di nido dove far ritorno in situazioni di pericolo e/o spossatezza, un luogo dove risolvere e condividere questioni; sovente, invece, sono frequenti situazioni nelle quali il nucleo familiare ed i suoi componenti diventano i soggetti dai quali è necessario difendersi.

Le mura domestiche diventano una sorta di carcere circoscritto da grate invisibili dall'esterno, da cui la vittima non trova via di fuga, anzi subisce, spesso anche per lunghi anni, gli atteggiamenti maltrattanti, abusanti e vessatori posti in essere nei suoi riguardi.

Una strategia comune agli autori della violenza è la tendenza alla manipolazione a scopo di controllo e possesso della vittima stessa, la quale, privata dell'essere riconosciuta come essere umano e non come un oggetto da possedere per proprio sfogo e compiacimento, finisce con il perdere lentamente la propria autostima, entrando in quel ciclo infernale chiamato "spirale della violenza".

La stessa vittima alterna momenti di gratuita svalorizzazione, segregazione, intimidazione e ricatto dei figli, dai quali non trova fuga.

Sono anche questi ultimi, i figli, le vittime maggiormente a rischio di violenza assistita, ove sono i piccoli minori a pagare le conseguenze per l'illecito e gravoso comportamento, subito in via indiretta, dagli atti violenti e vessatori posti in essere, dal loro stesso padre nei confronti della loro stessa mamma.

La violenza domestica rientra nelle forme di espressione della violenza di genere. Ed è generatrice e portatrice di eventi traumatici verso i figli.

Ergo, non è raro che tali eventi colmi di rabbia restino in memoria delle piccole vittime, che necessitano oltremodo di una tutela *tout court* per via dell'orribile scempio cui sono costrette, ingiustamente, ad assistere.

Atti gravosi e reiterati nel tempo sono le vere cause dell'idea distorta e malsana che si forma, cresce e germoglia nella memoria delle vittime di violenza assistita.

Un seme che si sviluppa fino a normalizzarsi ed automatizzarsi.

Quando si chiude la porta di casa, lasciando tutto all'esterno, la violenza domestica trova il suo inizio.
Si entra nel limbo dell'inferno, fatto di minacce, abusi, maltrattamenti, limitazione della libertà personale e di violenza di ogni tipo: da quella fisica, a quella psicologica, fino ad arrivare alla violenza sessuale e perfino economica.
La "violenza contro le donne basata sul genere" designa qualsiasi violenza diretta e rivolta contro una donna in quanto tale.

L'Art. 13 della Costituzione Italiana recita solennemente: «La libertà personale è inviolabile. Non è ammessa forma alcuna di detenzione, di ispezione o perquisizione personale, né qualsiasi altra restrizione della libertà personale, se non per atto motivato dall'autorità giudiziaria e nei soli casi e modi previsti dalla legge».

Un'utopia o un diritto di attuazione?

CAPITOLO 1

1.1 La Convenzione di Istanbul, 11 maggio 2011

La convenzione del Consiglio d'Europa sulla prevenzione e la lotta contro la violenza nei confronti delle donne e la violenza domestica recita all'art. 1: «È violenza contro le donne ogni atto di violenza fondata sul genere che provochi un danno o una sofferenza fisica, sessuale o psicologica per le donne, incluse le minacce, la coercizione o la privazione arbitraria della libertà».

Un primo strumento internazionale giuridicamente vincolante per la prevenzione della violenza contro le donne, a tutela delle vittime di atti discriminatori subiti a causa del genere, è rappresentato dalla cosiddetta Convenzione di Istanbul, aperta alla firma l'11 maggio 2011, la quale, nella sua stesura, ha tenuto conto della «sempre più ampia giurisprudenza della Corte europea dei diritti dell'uomo» nel contrastare la violenza sulle donne, attraverso la previsione di norme sempre più rilevanti e condannandone ogni forma di espressione: fisica, psicologica, sessuale ed economica, inclusa la violenza domestica e quella assistita.

Nel preambolo la Convenzione *de quo* riconosce che «il raggiungimento dell'uguaglianza di genere *de iure* e *de facto*» rappresenta un elemento chiave per la sua prevenzione.

Additando a ragioni storiche la manifestazione di diseguaglianza dei rapporti tra i sessi e riconoscendo che la violenza contro le donne rappresenta «uno dei meccanismi sociali cruciali per mezzo dei quali le donne sono costrette in una posizione subordinata rispetto agli uomini».

Proteggere le donne da qualsiasi forma di violenza e prevenire ed eliminare la violenza contro le donne è uno degli obiettivi enunciati nell'art. 1 del I capitolo della Convenzione in esame.

Il contribuire ad eliminare ogni forma discriminatoria contro le donne, rafforzandone l'autonomia e l'autodeterminazione, rappresenta il nucleo portante dello studio *de quo*, i cui obiettivi perseguiti si evidenziano nel raggiungimento di una concreta parità tra i sessi.

Il predisporre misure di protezione e di assistenza a favore delle vittime di violenza contro le donne e di violenza domestica, promuovendo la cooperazione internazionale e predisponendo un quadro globale di politiche di sostegno e di assistenza delle organizzazioni oltre che delle autorità incaricate, rappresenta l'obiettivo comune.

L'applicazione della legge allo scopo di collaborare efficacemente e di garantire un'idonea attuazione delle disposizioni della convenzione *de quo* da applicare «in tempo di pace e nelle situazioni di conflitto armato» costituisce elemento fondante.

Rebus sic stantibus, le disposizioni della Convenzione in esame annoverano tra le clausole finali ed i suoi effetti come le disposizioni *de quo* non pregiudichino quelle di «diritto interno e di altri strumenti internazionali vincolanti» riconosciuti come più favorevoli per «la prevenzione e la lotta contro la violenza sulle donne e la violenza domestica».

1.2 Precisazioni

La violenza contro le donne rappresenta una violazione dei diritti umani, una forma discriminatoria onnicomprensiva degli atti di violenza fondati sul genere «che provocano o sono suscettibili di provocare danni o sofferenze di natura fisica, sessuale, psicologica o economica», ivi comprese «le minacce, la coercizione o la privazione arbitraria della libertà sia nella vita pubblica che in quella privata».

Tali atti di violenza, raffigurandosi all'interno delle mura domestiche e tra componenti di uno stesso nucleo familiare, coniugi o ex partner «indipendentemente dal fatto che l'autore di tali atti abbia condiviso o condivida la stessa residenza con la vittima», configura la realizzazione della violenza domestica e, sovente, della violenza assistita.

Ergo, sono necessarie le linee guida del 2005 e rivisitate nel 2017 a fronte della Convenzione di Istanbul in esame, promosse dal *CISMAI* (il Coordinamento italiano dei servizi contro il maltrattamento e l'abuso all'infanzia), al fine di attuare e regolamentare la protezione dei minori vittime di violenza assistita e garantirne il diritto alla salute fisica e psicologica.

Il coinvolgimento dei bambini nella violenza domestica della quale è vittima la madre maltrattata è una «forma di maltrattamento che può determinare nei minori effetti dannosi, a breve, medio e lungo termine, investendo le varie forme di funzionamento psicologico, emotivo, razionale, cognitivo – comportamentale e sociale».

Alla violenza assistita conseguono gravi fattori di rischio, necessari di intervento e tutela, quali «la vittimizzazione a danno dei minori, la loro trascuratezza, il maltrattamento psicologico, il maltrattamento fisico», fino ad arrivare al più grave abuso sessuale. Investita *tout court* è la «trasmissione intergenerazionale della violenza».

Rebus sic stantibus, riduttivo appare sottolineare che l'assistere alla violenza da parte dei minori agita dal padre o dall'ex partner nei confronti della madre genera «confusione nel mondo interiore del minore» relativamente al concetto di affetto, intimità, violenza, e tende a minare il cuore delle sue relazioni primarie assorbendo un *modus operandi* familiare disfunzionale.

1.3 La violenza psicologica

In una prospettiva familiare, ove l'equilibrio relazionale ed intra-familiare dovrebbe essere strutturato sulla reciprocità di amore e di tutela rivolta gli uni verso gli altri, dove i componenti del nucleo parentale al quale si è circoscritti dovrebbero costituire una fonte a sostegno della fiducia e della comprensione, è invece comune ravvisare forme gratuite ed ingiustificate di violenza psicologica.

Forme di attuazione di controllo e di manipolazione, atte a modificare lo stile e l'andamento psico-relazionale della vittima della violenza stessa.

Tentativi di segregazione ed isolamento uniti a comportamenti vessatori, svalutanti e denigratori rivolti in modo minaccioso ed intimidatorio alla donna vittima di violenza psicologica rappresentano una realtà difficile da ignorare.

Ignara ed incredula, la donna stessa si avvia verso un percorso di svalutazione e disistima trovandosi a dover fronteggiare, con quello che di lì a poco si trasformerà in un vero e proprio manipolatore, situazioni del quotidiano e notti nel terrore.

Maltrattata ed umiliata davanti ai figli, spesso, minori.

Frutto di quell'amore che tesserà le fila per una prigione dalle sbarre invisibili all'esterno.

La donna non trova via di fuga.

I minori, anch'essi sovente vittime secondarie del maltrattamento posto in essere dal padre nei confronti della loro stessa mamma.

Ex partner, coniugi, ex conviventi.

Tutti autori di un medesimo reato: la privazione della libertà individuale, della libertà di scelta, della lesione del diritto alla dignità ed all'autodeterminazione libera e consapevole.

La donna come uno strumento di sfogo, come oggetto posseduto, pari ad una proprietà.

Private e svuotate della loro integrità morale e personale.

Le donne vittime di violenza, man mano, si disattivano ed appassiscono, come fiori privati della loro acqua e della loro cura.

Un ciclo di malessere e sopraffazione ingiusta, ingiustificata ed oltremodo gratuita.

In una parola: VIOLENZA.

Che prende forma e dimensione sulla vita psicologica della donna maltrattata.

Svuotandola nel profondo.

Contribuendo all'accrescimento di una disistima e di un isolamento senza eguali.

1.3 La Violenza Fisica – Estratti di storie da un centro antiviolenza

Ed esordì con un «no»!

Al quale seguì uno schiaffo.

Ad un «No» secco seguirono uno spintone ed innumerevoli calci.

Non potevo uscire.

Volevo solo fare visita a mia sorella, la quale era partoriente, ma lui esordì con un «no» secco e determinato.

Al quale seguirono strattoni e spintoni.
Al mio tentativo di ribellione mi spinse sul divano e si diresse verso la porta di casa.
S'impossessò delle chiavi e cominciò a minacciarmi di morte.
«Tu da qui non esci viva, se non fai come dico io».
La paura prese forma nella mia vita.
Ai tentativi di segregazione seguirono quelli di isolamento.
Ai miei familiari non era consentito passarmi a trovare a casa, almeno non previo il suo permesso.
Umiliazioni e calci.
Io appresi di essere incinta del nostro secondo figlio.
La piccola Martina [nome di fantasia] sedeva sul divano.
Aveva solo due anni.
Vittima inconsapevole.
Innocente.
Ma già portatrice di una storia di violenza inaudita.
La violenza fisica è un atto di forza ingiustificato ed ingiusto.
«Non permettere a nessuno di toccarti. Nemmeno con un dito».

Perché tanto più la mano è cara, tanto più sentiamo il colpo.
Non c'è fine al male fisico, oltre che psicologico.
Ai tentativi di omicidio.
Alle mani sul collo.
Alle liti a tavola la sera.
Ad un piatto sferrato per terra con tutta la minestra calda, ancora commestibile.
Perché' c'è troppo sale e dopo una giornata di lavoro, un uomo non può tornare a casa e trovare pure la cena salata.
E quando vai per raccogliere la cena da terra.

Quella stretta sull'avambraccio e lo sguardo inferocito di chi vuole solo il tuo male e non il tuo bene, ti rendono una preda inerme nelle mani di un usurpatore.

Ma questo non è amore.

La violenza. Tutta. Non è amore.
Sotto ogni forma.
Ogni dimensione.
E non ha giustificazione alcuna.
La violenza fisica è visibile.
È palpabile, anche dall'esterno.
Un livido.
Un graffio.
Un calcio.
Un pugno.
Basta solo una di queste azioni perché si perpetri la violenza.
Basta anche una sola di queste spregevoli ed ingiustificate azioni.
Una sola azione, ed è violenza.

1.4 La Violenza Sessuale

La sfera intima ed il suo vissuto rappresentano una parte strettamente e profondamente personale.

Nessuno è in grado di comprendere la sua assoluta individualità, così come colui o colei che ne sono portatori di diritto e tutela.

Il campo della sessualità e le scelte ad essa connesse rappresentano, indiscutibilmente, diritti inviolabili, che necessitano di una tutela *ad hoc* e riservata.

La libertà di disporre del proprio corpo liberamente e la volontà sessuale personale rispecchiano l'impronta di inalienabilità di tali diritti.

L'accettazione o il rifiuto dinanzi ad un invito di qualunque tipo, sia esso esplicito oppure implicito, è a totale discrezionalità della persona stessa.

La vita tutta, nella sua interezza, lascia spazio ad inclinazioni e piaceri a stampo individuale.

È per questo e per molto altro ancora che la libertà sessuale è un diritto inviolabile e che la violazione della garanzia di tutela ad esso connessa configura uno dei più grandi reati disciplinati e sanzionati dal nostro sistema penale vigente: la violenza sessuale.

Invero, all'art. 609 bis del Codice penale ravvisiamo la sua tutela e la corrispondente sanzione in caso di una sua violazione.

L'art. 609 bis *de quo* stabilisce e sancisce: «Chiunque con violenza o minaccia o mediante abuso di autorità costringe taluno a compiere o subire atti sessuali è punito con la reclusione da cinque a dieci anni. Alla stessa pena soggiace chi induce taluno a compiere o subire atti sessuali; 1) abusando delle condizioni di inferiorità fisica o psichica della persona offesa al momento del fatto; 2) traendo in inganno la persona offesa per essersi il colpevole sostituito ad altra persona».

È fuori discussione, *ergo*, l'aspetto di tutela riservato a tale diritto, ma ad oggi la specialità di tale bene giuridico ad alto impatto penalistico ha necessitato e necessita di un ulteriore studio ed approfondimento.

La scelta di introdurre nel sistema legislativo penale ulteriori e nuove circostanze aggravanti al fine di proteggere il diritto *de quo* è fondamentale.

Ebbene, all'art. 609 ter del Codice penale ravvisiamo l'aggiunta delle nuove circostanze aggravanti nel caso in cui la violenza sessuale venisse commessa: «nei confronti di donna in stato di gravidanza, nei confronti di persona della quale il colpevole sia il coniuge anche separato o divorziato, ovvero colui che alla stessa persona è o è stato legato da relazione affettiva anche senza convivenza».

Da tali introduzioni è ravvisabile come, *rebus sic stantibus*, il novero dei soggetti possibili e meritevoli di aggravamento sanzionatorio trova una specifica estensione.

Costringere taluno ad obbedire ad un proprio desiderio sessuale personale ed unilaterale.

Imporre con l'uso della forza o della minaccia fisica o verbale pratiche indesiderate a sfondo sessuale.

Ricattare.

Picchiare.

Umiliare al fine di ricevere favori sessuali, *non graditi*, *né voluti* dalla vittima stessa, costituisce grave reato.

La violenza sessuale è un atto deplorevole.

Costringere taluno all'utilizzo di materiale pornografico senza il suo consenso o la sua approvazione.

Imporre la consumazione di rapporti sessuali con o in presenza di altre persone.

Costringere taluno a consumare rapporti, implicanti violenza fisica, sotto minaccia o ricatto.

Rappresentano, tutte, fattispecie configurabili il reato di violenza sessuale.

È di indubbia rilevanza come il poter predisporre del proprio corpo in maniera libera e non vincolante contempli il presupposto necessario del diritto alla libertà personale, tutta.

Ognuno, seguendo le proprie inclinazioni ed i propri desideri personali, assecondandoli, nel rispetto di quelli altrui, manifesta e gode a pieno titolo di un diritto inviolabile e di indiscutibile inalienabilità.

Le persone sono persone.

Non cose a servizio della volontà altrui.

La proprietà è un diritto.

Le persone non sono diritti, ma ne sono portatori indiscutibili.

La volontà ed il consenso, tutto, raffigurano il nucleo fondante della personale identità e libertà.

Nessuno può abusare, violare e calpestare in modo autonomo, coercitivo ed illecito un diritto privato e personale.

Nessuno può appropriarsi di un diritto altrui a suo scopo e compiacimento.

Quae quidem quaestio raffigura un reato suscettibile di sanzione.

È portatore di un diritto inviolabile meritevole di tutela.

La violenza sessuale costituisce la violenza della sfera intima personale.

Una sfera di indubbia e sottile fragilità.

Nessuno deve usurparla.

1.5 La Violenza Economica

La sudditanza economica, a qualunque strato sociale, crea una situazione di indubbia ambivalenza per la donna e per i figli vittime della violenza stessa.

Ma non è solo l'ambivalenza cui ella stessa è, sovente, costretta a sottostare.

È l'aumento di vergogna insopportabile cui è assoggettata,

coattivamente.

La paura, unita all'incapacità e alla disistima crescente, lascia spazio alla consapevolezza di non essere in grado di provvedere al proprio sostentamento.

Ruolo fondamentale per il raggiungimento di una via di fuga è costituito dal blocco stazionante posto in essere dalla violenza economica stessa.

Rebus sic stantibus, è di indiscussa ferocia l'ascendenza negativa e coercitiva posta in essere dalla violenza *de quo*.

Un ostacolo al perseguimento della libertà personale.

Sic et simpliciter costituisce violenza economica qualunque ostacolo reale ed ingiusto al raggiungimento dell'autodeterminazione della donna come individuo.

Rappresenta un limite inaccettabile.

La ricerca di un lavoro, ostruita e scoraggiata da parte dell'uomo abusante, configura una forma di espressione di controllo e di manipolazione allo sviluppo economico, sociale e relazionale della donna stessa.

Ella, rinunciando al suo diritto nella ricerca di una fonte di sostentamento autonoma, perde l'indipendenza economica che costituisce fulcro importante della sua libertà di movimento e di scelta.

Futile sottolineare come nei tentativi di boicottaggio della ricerca di un lavoro e di inserimento sociale si configuri la violenza economica *de quo*.

È nella mancanza di sviluppo e nella possibilità di raggiungere l'indipendenza economica che si ravvisa la inevitabile condizione di sudditanza e di soccombenza della donna vittima della violenza in esame.

Anche il controllo della gestione della vita quotidiana costituisce tentativo di manifestazione e di perpetrazione di una forma abusante di potere sulla vittima.

È possibile pensare alla violenza economica come una trappola infernale che costringe la donna a sottostare al volere dell'uomo compiacendone volontà e supremazia. Come un ostacolo alla via di fuga.

Sovente, è l'uomo stesso a chiedere alla donna di lasciare il posto di lavoro, per occuparsi interamente della casa e della loro unione.

Nulla di più manipolatorio.

È l'uomo stesso che innalza in tal modo le mura domestiche sviluppando un'azione di isolamento della quale la donna è vittima indiscussa.

Chi si appropria indebitamente dei proventi derivanti dal lavoro svolto dalla donna a vantaggio esclusivo proprio commette violenza economica.

Rebus sic stantibus, la donna è vittima spettatrice, immobile dell'allontanamento, ingiusto e coartato del suo diritto alla realizzazione di sé.

Breviter, la mancanza del raggiungimento di autodeterminazione è contraddistinta dalla sottomissione inevitabile e dallo stato di soccombenza cui la donna soggiace, spesso inconsapevole.

Una perdita *tout court* di libertà ed indipendenza.

Ergo, un meccanismo di controllo e manipolazione senza arresto.

CAPITOLO 2

FEMMINICIDIO: UN NEOLOGISMO DIFFICILE DA IGNORARE

Dibattuta *quaestio* ha interessato i paesi del Sud America all'inizio degli anni Novanta, quando il movimento femminile sudamericano ha posto l'accento sull'inaccettabile negligenza di uno Stato fantasma e non-garante.

Le uccisioni di donne.

Le sparizioni di donne.

Gli stupri di donne.

Una realtà da raccontare alla quale è impossibile non dare voce.

La negligenza da parte dello Stato nel rintracciare ed indagare i possibili artefici di atrocità tanto deplorevoli costituisce e ha costituito motivo di sfiducia nei confronti di istituzioni ed autorità.

Nella Ciudad Juárez, al centro di *quae quidem quaestio*, è ravvisabile un solco dal quale non poter uscire.

Una gabbia.

Un inferno per le donne vittime di violenza con unica soluzione: la morte.

Intanto, prende forma e vita un nuovo termine: *femminicidio*. Il Messico al centro di tale novità. Un termine *ad hoc*, inclusivo ed onnicomprensivo dello scempio cui le donne vittime di violenza sono assoggettate, senza tempo.

Al pari di prede senza tregua né via di scampo.

Il termine *de quo* trova le sue fondamenta nei paesi del Sud America, per poi spostarsi in tutto il mondo fino a raggiungere anche l'Italia.

Una macchia d'olio percorrente il suo tracciato.

Un tracciato maleodorante e senza giustificazione alcuna.

Il termine *femminicidio* racconta di un fenomeno che investe qualunque paese e stampo religioso.

Qualunque continente della terra e stratificazione sociale.

Qualunque età di donne e bambine.

Qualunque legame di sangue, familiare e d'affezione.

Femicidio e *femminicidio*, un neologismo oggetto di studio e di attenzione da parte delle autorità e dei tribunali di tutto il mondo. Tale termine prende vita e forma a Ciudad Juárez, città nello stato di Chihuahua, al confine tra Stati Uniti e Messico. Famosa per le uccisione di donne strappate alla vita senza giustizia alcuna. Entrata nella storia per i suoi deplorevoli accaduti e per i monitoraggi strazianti, oggetto di studio da parte di tutto il mondo.

Ciudad Juárez e la sua deprecabile realtà arricchita da stupri di donne uccise e lasciate in pasto alle bestie selvatiche.

Avvolta dalla sconcertante assenza e negligenza di uno Stato fantasma e non-garante.

L'amore per la verità e per la giustizia è ciò che muove il movimento femminile impegnato sul fronte del Sud America a partire dagli anni Novanta.

Una storia da raccontare.

Un *modus operandi* da non accettare.

Un dovere verso le tante vittime di violenza inaudita.

Un dovere per un cambiamento verso il futuro e per il futuro.

La storia etimologica del termine *femminicidio* trova vita nella minuziosa ed esemplare ricerca svolta da una donna: la studiosa e ricercatrice statunitense Diana Russell, autrice del libro intitolato *Femicide: The Politics of woman Killing*.

Erano gli inizi degli anni Novanta, e la Russell esordiva: «Il concetto di femminicidio si estende al di là della definizione giuridica di assassinio ed include quelle situazioni in cui la morte della donna rappresenta l'esito, la conseguenza di atteggiamenti o pratiche sociali misogine».

Il cercare di tirare le fila di tale assunto trova un ostacolo nella capacità di comprensione umana.

Nessuno aveva pensato prima di allora di azzardare un'ipotesi autonoma di reato.

Una figura giuridica *ad hoc*, raffigurante la condotta ingiustificata, oltre che illecita, che fosse in grado di tutelare tutte le donne vittime di violenza inaudita.

Ultimo step di tale inaccettabile fardello: la morte.

Come atto finale di un atroce accanimento.

Un azzardo ad una categoria onnicomprensiva di donne eguali.

Nessuna differenza di religione, razza, età, stato sociale o civile e colore.

Ma eguali dinanzi alla violenza.

Tutte coese da un unico tragico evento: la perpetrazione di violenza subita ingiustamente.

Priva di motivazione alcuna.

Un azzardo, in quanto, ancora oggi, nelle aule dei tribunali italiani e nel nostro Codice penale vigente non v'è spazio per un reato tanto grave.

Un'ipotesi dunque.

Un vuoto di tutela.

Mentre Karen Stout ed il suo concetto di *intimate femicide* si riferiva all'uccisione di donne per mano del partner.

Differente linea di ricerca prende le mosse alla fine degli anni Novanta.

Quando Jacquelyn Campbell e Carol Runyan osarono

ridefinire il concetto di *femicide* come fenomeno ad ampio raggio. Senza l'inclusione di distinzioni di ricchezza o povertà, di degrado sociale e culturale o di livello d'istruzione o di ignoranza. Un fenomeno trasversale, dunque.

Ergo, le stesse ricercatrici estesero l'analisi del fenomeno *de quo* a qualunque status sociale.

Mentre una notevole novità venne introdotto dalla statunitense Liz Kelly, la quale coniò l'espressione *continuum di violenza* alla fine degli anni Ottanta.

L'espressione *de quo* indicava un insieme reiterato di azioni violente in un meccanismo gratuito ed illecito di perpetrazione della violenza.

Continuum di violenza venne utilizzata per la prima volta in un contesto di formazione sulla violenza, e venne rivolta a tutti coloro i quali operavano sia a livello teorico che pratico a contatto con donne maltrattate, abusate, vessate, violate. Dallo studio della sociologa statunitense emerse la natura non episodica di tali accadimenti violenti.

Tale constatazione scosse gli animi dei più scettici.

Invero, era ravvisabile una condotta comune di perpetrazione della violenza dall'oltralpe all'oltreoceano. Caratteristica in comune: gli autori delle violenze. Uomini.

Vittime indiscusse ed indifese: le donne, a prescindere dallo *status* sociale, dal livello d'istruzione e dalla religione di quest'ultime.

Un fenomeno *tout court*, dunque.

Uno scempio senza eguali.

Un fenomeno di allarme sociale, cui dover prestare attenzione.

2.1 Zapatos Rojos: un progetto per donne vittime di violenza

Femminicidio è un termine simbolico, carico di un significato profondo ed allarmante.

Un fenomeno che accomuna paesi vicini e lontani di tutto il mondo.

La Terra nel suo insieme, il globo, gli spazi territoriali ed i fiumi che la compongono, tra quest'ultimi, uno in particolare: il fiume Rio Grande, nello stato di Chihuahua, nella Ciudad Juárez, sita al confine tra Stati Uniti e Messico.

È da lì che parte la nostra marcia.

A Ciudad Juárez, dall'inizio degli anni Novanta fino al nuovo millennio, si registra un numero elevato di uccisioni di donne, di sparizioni di donne, di stupri di donne e di atti disumani di violenza contro le donne.

Ciudad Juárez è un punto di partenza importante, dove un'artista ed il suo progetto chiamato *Zapatos Rojos* romperanno l'inaccettabile silenzio su un fenomeno sociale tanto grave: la morte ingiustificata di donne, dapprima abusate e maltrattate, poi uccise con un'inaudita violenza.

Il progetto, con iniziatrice una donna messicana dal nome Elina Chauvet, prende vita e forma nel 2009, arrivando in Italia nel 2012, grazie al supporto ed alla volontà di una curatrice d'arte strepitosa, Francesca Guerisoli.

Partito da lontano, *Zapatos Rojos* è giunto fino in Europa ed ha riscontrato una divulgazione senza eguali.

Eppure, le storie raccontate hanno sempre avuto un suono familiare, un suono stridente, promulgatore di realtà tanto allarmanti.

La violenza sulle donne, dunque, un male tanto comune quanto difficile da contrastare.

Il progetto è diventato oggi un simbolo mondiale di denuncia della violenza contro le donne. Una dovuta testimonianza contro un raccapricciante fenomeno socio-culturale.

Trentatré paia di scarpe rosse femminili al centro della scena.

Una marcia silenziosa dal valore inestimabile per lanciare un messaggio forte di denuncia sociale.

Le donne al centro di tale *quaestio*.

Le donne e l'inimmaginabile violenza, ma il contesto urbano è ancora omertoso e sottacente.

Immagine 1 – Zapatos Rojos: un progetto per donne vittime di violenza.

2.2 Il reato di Femminicidio – Un'ipotesi autonoma di reato – Un vuoto di tutela

Contrasterebbe con l'art. 3 della Costituzione Italiana la previsione e l'introduzione di una nuova fattispecie di reato *ad hoc*, a tutela delle donne vittime di violenza.

Un'ipotesi di reato al centro di una diatriba dai disparati orientamenti.
Il *femminicidio*? Un'ipotesi di reato priva di tutela.

«Gli uomini e le donne davanti alla legge sono eguali».

Ma si può parlare di eguaglianza?
Quando il fenomeno sociale dell'uccisione di donne per mano dei lori stessi partner, conviventi, ex coniugi, diventa un *modus operandi* atroce e privo di motivazione a sostegno?
Dati alla mano, quindi.
Monitoraggi e studi di ricerca hanno dimostrato e continuano a dimostrare come il deplorevole fenomeno *de quo* non lasci spazio ad interpretazione alcuna.
Il numero delle donne vittime di violenza ed uccise nell'ultimo ventennio è cresciuto in modo esponenziale.
E se è vero che le leggi sono fatte a misura e dimensione dell'uomo e per l'uomo, è pur vero che i fenomeni sociali e storici cambiano; dunque, come non prenderne atto?
Le consuetudini mutano, a seconda delle ere storiche che si susseguono e sottovalutare tali criticità e tali vuoti di tutela è un dato allarmante tanto per le generazioni presenti quanto per quelle future.
Una modifica ed un'integrazione di nuovi reati e di nuovi *modus operandi* risultano essere non solo necessarie, ma doverose.
L'uomo, inteso come essere umano, che include sia gli uomini, che le donne, insegna che la storia, tutta, ha subito mutamenti e consuetudini differenti per epoche, correnti di pensiero, sviluppo economico, sociale e culturale.
Ergo, uno spunto di riflessione ed una dovuta attuazione merita l'adeguamento del contesto politico, giuridico e legislativo all'evoluzione di un popolo e agli svariati *modus*

operandi che ad esso sono connessi.
È fuori discussione, quindi, come la presa in analisi dell'introduzione di un reato *ex novo*, trovi il suo fondamento nella necessità dovuta e doverosa di un'adeguata immissione nel sistema giuridico penale di una fattispecie *ad hoc* che sia in linea con le esigenze del tempo.

Un aggiornamento è oltremodo obbligatorio.

Stando così le cose, quindi, la percezione di un vuoto di tutela all'interno dell'ordinamento giuridico italiano non è sovente una retorica forzatura, quanto, piuttosto, una necessaria e rilevante valutazione *ex novo*.
È necessario, muovere i primi passi verso un coraggioso e nuovo cambiamento, dove un sistema di aggregazione sociale differente sta prendendo forma e nel quale a livello mondiale, gli uomini prevaricano le donne ed i loro diritti.
Primo fra tutti il diritto alla vita e all'autodeterminazione.
È tutt'altro che banale, in questa sede, affermare che il sistema normativo non solo italiano ma mondiale deve lasciare spazio ad un aggiornamento di tutela doveroso, che altrimenti risulterebbe indisciplinato ed ingiustamente evaso.
Le autorità competenti e, sovente, il legislatore sono investiti di un ruolo a responsabilità quasi illimitata; dove è possibile affermare che il principio di tutela dei diritti inviolabili ed inalienabili riconosciuti agli uomini tutti, in quanto specie umana, è anteposto alla garanzia costituzionalmente stabilita è opportuno considerare come sia necessaria una modifica ad ampia interpretazione.
A fronte dei dati allarmanti e delle innumerevoli vittime che il fenomeno *de quo* sta generando, fondamentale è un'azione comune mirata al contrasto e alla sua eliminazione.
Una dettagliata analisi *tout court* del fenomeno necessita

di un'adeguata valutazione a scopo di regolamentazione. Nell'ordinamento giuridico penale italiano, a tutt'oggi, si ravvisa un vuoto di tutela *ad hoc*, data l'inesistenza di un reato specifico per il fenomeno *de quo*.

Un campanello di allarme, quindi, difficile da ignorare e di non poca rilevanza.

L'affermare che l'ordinamento si è mosso a favore di tale constatazione non trova sostegno sufficiente nel sistema penale italiano.

Regolamentare la tutela non tanto della donna vittima di violenza quanto di quella della sua prole, rimasta orfana di madre, sembra bastare a colmare il vuoto rappresentato dall'assenza di una fattispecie *ad hoc*.

Invero, il legislatore italiano ha ritenuto opportuno regolamentare solo gli orfani di *femminicidio*, i quali non solo possono cambiare cognome nel caso in cui il padre, genitore ed autore della morte della mamma sia condannato *in via definitiva* dal tribunale competente, ma possono anche ottenere la priorità di collocamento presso parenti fino al terzo grado. Scopo perseguito: il mantenimento di un legame di *affectio* da tutelare.

Appare in questa sede evidente come il legislatore attuale non sembri aver dedicato abbastanza attenzione ad un fenomeno che risulta essere non solo incontrollato, ma anche incontrollabile, essendo la donna e la vita di quest'ultima il diritto da proteggere, a scopo di tutela. Con uno sguardo al futuro è impossibile non sottolineare il vuoto di tutela che le – non auspicabili – future vittime di *femminicidio* possano trovare.

Una tutela a metà quindi, se si considerano le regolamentazioni introdotte, atte a tutelare i minori orfani vittime di femminicidio.

È biasimevole affermare che tutela è stata fatta.
È opportuno riconoscere, invece, tale vuoto di tutela.

Il reato di *femminicidio* merita pertanto una doverosa valutazione *ad hoc* a garanzia della punibilità degli autori protagonisti di tali atrocità.
Il diritto alla vita quindi è il bene tutelabile, in buona maniera.
L'irrogazione di pene e di sanzioni *ad hoc* stabilite dal legislatore è una necessità di primo ordine.
Ma le circostanze aggravanti comuni sancite *ex* art. 61 del Codice penale da sole non bastano a fronteggiare un fenomeno in eccessivo accrescimento.
Nel frattempo, negli animi e nei cuori dei non addetti ai lavori ci si domanda: mentre lo Stato ed il legislatore assurgono alle funzioni di tutela, di regolamentazione e punibilità cui sono chiamati ad ottemperare *more e uxorio*, dove trovano tutela tutte le donne assassinate e vittime di tale scempio?
Concludendo: le donne uccise per mano del partner, dell'ex compagno, del coniuge, o di un convivente sono cresciute e stanno crescendo in maniera esponenziale a livello mondiale.
Sottacere a tale drammatica constatazione è omertoso.

2.3 Femminicidio: una doverosa prevenzione

Per combattere il crimine vale assai più prevenire che reprimere.

Il metodo efficace dinanzi alla commissione illecita di crimini efferati risiede, *ergo*, nella capacità di prevenzione di essi stessi.

In tal modo esordiva il criminologo italiano Ferri a seguito dei suoi studi.
Il *femminicidio* sembra necessitare di una tutela a scopo preventivo.
La teoria del criminologo pose l'accento sull'analisi del momento antecedente a quello della tragedia consumata.
È ormai indiscussa la questione su come al *femminicidio* precedano una serie di atti vessatori e violenti.
Per il Ferri la tutela del reato *deve transitare attraverso la repressione dei sintomi che spesso lo precedono*.
Un'analisi dettagliata del fenomeno *de quo* permette di individuare degli indicatori posti in essere dagli uomini violenti, quali: l'intimidazione; l'isolamento; la svalorizzazione. Tutti indicatori comuni. Senza dimenticare, in taluni casi, la segregazione e l'aggressione fisica e sessuale. Inoltre prendono spazio anche le false riappacificazioni a mezzo di fiori, cioccolatini, richieste di perdono fino ad arrivare al ricatto dei figli, nei casi di prole.

Tutti questi comportamenti trovano sostegno in una condotta reiterata e vessatoria che prende il nome di "spirale della violenza".

Da uno studio sul tema è risultato come il *modus operandi* di un orco violento e manipolatorio ripercorra sovente le tappe succitate.
Non necessariamente tutte eseguite nel medesimo ordine.
È una spirale di violenza in cui la donna vittima inconsapevole rischia di entrare, e di esserne assorbita.
Un cerchio che si ripete, quindi.
Ma è dinanzi al confronto con operatrici e personale esperto oltre che specializzato sulla tematica *de quo* che la donna può acquistare una maggiore consapevolezza.

Più risposte, *ergo*, da uno Stato fantasma, e la necessità di denunciare una carenza rilevante, cui è bisognoso soffermare l'attenzione.

L'analisi *tout court* del fenomeno oggetto di studio dimostra come la sfiducia delle vittime di violenza nei confronti delle istituzioni sia aumentata a dismisura, per via della mancata protezione che le donne stesse hanno ritenuto di non ottenere.

Meno denunce alle autorità competenti, quindi, ma non per questo meno violenze subite.

Un dato di fatto.

Statistiche alla mano.

Dati oscillanti, sovente, in contrasto tra loro, dove, però, non denunciare non equivale al non subire violenza.

Il velo di isolamento che investe le donne vittime di violenza è trasparente, ma non invisibile.

Le autorità e lo Stato – sovente assente – ricoprono un ruolo di non poca importanza e la donna vittima di violenza "sente" di essere sola.

È consapevole di non ricevere protezione a sufficienza.

È consapevole che per riprendere in mano una vita e per ricominciarne una nuova è necessario ottenere più di una querela, di un esposto, o di un "foglio di carta" recante un timbro rilasciato dalle autorità.

Denunciare non basta, quindi, se sei lasciata sola. La violenza non è solo una questione di genere, sarebbe riduttivo affermarlo.

La necessità di un controllo e di una manipolazione a scopo di potere e prevaricazione su una donna rappresenta un'ipotesi di violenza, dove la donna è percepita come una proprietà. Come un "diritto reale di godimento".

Privata quindi della sua essenza e della sua autodeterminazione, la donna è violata nei suoi diritti umani inalienabili ed indiscutibili.

Uno squilibrio di ruoli, quindi, ed un'ingiustizia oscena.

Ma c'è molto altro tra le mura domestiche, come l'esercizio abusivo di azioni violente perpetrate a scopo di potere ed il senso di inadeguatezza provato dalla donna.

La donna subordinata all'uomo. Uno stereotipo culturale, religioso. Ottuso e disattento. Un illecito ingiusto, da contrastare e da combattere.

È alle autorità competenti che la donna vittima di violenza si rivolge, in caso di violenza perpetrata nei suoi confronti.

Ad una squadra composta per lo più da uomini.

Uomini, sovente di sesso maschile.

Gli stessi che invitano la donna a tornare a casa, dopo l'esposizione dei fatti.

Gli stessi che minimizzano gli accaduti.

Che esortano ad aspettare ed a rimandare.

Perché per mettere nero su bianco c'è tempo.

Invero, sono molte le denunce che, una volte sporte, restano evase.

Evase nella tutela. Evase nella loro reale attuazione.

Evase nel loro valore intrinseco e funzionale.

Evase, semplicemente.

CAPITOLO 3

GLI ATTI PERSECUTORI DISCIPLINATI DALL'ART. 612 BIS C.P., E LE MODIFICHE DEL D.L. CD. FEMMINICIDIO

L'allarme sociale al centro dello studio del d.l cd. *femminicidio* convertito in legge il 15 Ottobre 2013, n. 119.

Scopo perseguito del *d.l. de quo* è ravvisabile nel tentativo di garantire maggiore tutela. Con conseguente aggiornamento e rimodulazione degli strumenti di prevenzione e di repressione di alcuni fenomeni criminosi quali gli atti persecutori (*stalking*), la violenza sessuale, la violenza domestica, i maltrattamenti in famiglia.

Sic et simpliciter il lavoro di rafforzamento svolto a tutela delle vittime cosiddette deboli ha costituito *tout court* obiettivo comune di salvaguardia di quella libertà personale e morale su cui tutti auspichiamo venga fatta tutela.
È nel rafforzamento e nell'inserimento delle circostanze aggravanti all'interno del sistema penale italiano che ravvisiamo l'attuazione di tale tentativo svolto.
Venivano introdotte all'art. 609 ter del Codice penale, due nuove circostanze aggravanti della violenza sessuale.
Qualora la stessa venisse commessa appunto: «Nei confronti di donna in stato di gravidanza» (n. 5-ter); «Nei confronti di persona della quale il colpevole sia il coniuge, anche separato o divorziato, ovvero colui che alla stessa persona è o è stato legato da relazione affettiva, anche senza convivenza» (n. 5-quater).

In ciò riproducendo a*d litteram* l'aggravante già prevista e integrata per il delitto di atti persecutori (art. 612 bis, 2° comma c.p.).

Ex lege: «La pena è aumentata se il fatto è commesso dal coniuge, anche separato o divorziato, o da persona che è o è stata legata da relazione alla persona offesa».

Invero, ulteriori interventi venivano introdotti con riferimento a talune modalità di esecuzione del reato di *Stalking*, ove: «fossero state commesse attraverso strumenti informatici o telematici, oppure mediante minacce reiterate».

Il *cyberstalking* è una modalità di esecuzione del reato di *stalking*, ritenuto un'aggravante della pena.
Allo stesso modo, il commettere atti persecutori mediante minacce reiterate introduceva un importante aggiornamento in ambito di procedura penale.
È nell'aggiunzione al 4° comma dell'art. 612 bis c.p. dei seguenti periodi che è ravvisabile un rafforzamento di tutela: «La remissione della querela può essere soltanto processuale. La querela è comunque irrevocabile se il fatto è stato commesso mediante minacce reiterate, nei modi di cui all'art. 612 bis, 2° comma».

Il rafforzamento di tutela della vittima del reato si configura nella garanzia accertata dal giudice in fase di udienza sulla spontaneità della remissione della querela da parte della vittima.
Ergo, il confermare l'assenza di coartazioni eventuali e/o di condizionamenti
In capo alla vittima tutelata.

«Le pene stabilite negli articoli precedenti sono aumentate se la violenza o la minaccia è commessa con armi, o da persona travisata, o da più persone riunite, o con scritto anonimo, o in modo simbolico, o valendosi della forza intimidatoria derivante associazioni, segrete o supposte.

Se la violenza o la minaccia è commessa da più di cinque persone riunite, mediante uso di armi anche soltanto da parte di una di esse, ovvero da più di dieci persone, pur senza uso di armi, la pena è, nei casi preveduti dagli artt. 337 e 338, della reclusione da tre a quindici anni e nel caso del primo capoverso dell'art. 336 della reclusione da uno a otto anni.

Le disposizioni di cui al secondo comma si applicano anche, salvo che il caso costituisca più grave reato, nel caso in cui la violenza o la minaccia sia commessa mediante il lancio o l'utilizzo di corpi contundenti, o altri oggetti atti ad offendere, compresi gli artifici pirotecnici, in modo da creare pericolo alle persone».

È di comune accordo la consapevolezza che una minaccia o una violenza siano più gravi nel caso di commissione delle condotte *de quo* attraverso e per mezzo dell'uso di armi, o se commesse da persona travisata.

Rebus sic stantibus, veniva introdotto l'obbligo (e non più la facoltà) di irrogare contestualmente il divieto di detenere armi e munizioni, modificando oltremodo la specifica misura preventiva dell'ammonimento.

L'arresto in flagranza *ex* art. 380 c.p.p., la possibilità di acquisire testimonianze con modalità protette quando la vittima sia una persona minorenne o una persona maggiorenne che versa in uno stato di particolare vulnerabilità, gli obblighi di comunicazione alla vittima in ordine allo svolgimento dei relativi procedimenti penali *ex* artt. 406 e 415 bis c.p.p.

L'allontanamento d'urgenza dalla casa familiare, oltre all'ammissione al gratuito patrocinio a prescindere dai limiti di reddito costituiscono doverosi interventi in materia di protezione di fatti criminosi socialmente allarmanti.

È per mezzo delle opportune modifiche, del doveroso rafforzamento se il d.l. cd. *femminicidio*, in questa sede, oggetto di studio, è riuscito a rafforzare il sistema normativo penale.

Attraverso l'introduzione di aggiornamenti dovuti e di strumenti penali processuali necessari, ha potuto ottemperare alla funzione di maggiore tutela prepostasi all'inizio dei lavori.

La sensibilizzazione non solo funzionale, ma anche collaborativa a livello nazionale ed europeo da parte di stati membri, istituzioni politiche e parlamentari e nel rispetto di convenzioni e di trattati internazionali se, ad onta di una serie di atti criminosi a sfondo illecito ed ingiusto, la tutela penale *de quo* ha trovato fondamenta solide e funzionali.

CAPITOLO 4

IL CASO LÉPINE – STRAGE ALL'UNIVERSITÀ DI MONTREAL – 6 DICEMBRE 1989

L'evento drammatico con protagonista un giovane ambizioso studente della facoltà di Ingegneria, il quale, presentata richiesta di ammissione, venne respinto, suo malgrado.

Alla stessa facoltà di ingegneria dell'università di Montreal, quell'anno, il 1989, vennero però ammesse molte studentesse universitarie anch'elle ambiziose di studio.

Dopo essere stato respinto il giovane Marc Lépine escogitò nella mente e nell'animo una strategica ed "utile" *résolution.*

Una tragica ed insostenibile follia.

La soluzione auspicata dal giovanissimo studente per "l'ingiusta" valutazione da parte dell'Università, per essere stato ritenuto inadeguato e respinto, trovò spazio e sfogo in uno scellerato piano risolutivo.

Lépine trovò ingegnoso uccidere le quattordici studentesse ammesse alla sua stessa facoltà di Ingegneria, le quali gli avevano, a suo dire, "ingiustamente" sottratto il posto.

La loro ingiusta ammissione aveva sfilato a lui e ad altri ragazzi il tanto più corretto ed adeguato posto alla facoltà di Ingegneria, quest'ultima per tradizione più affine ai maschi.

Sic et simpliciter la facoltà di Ingegneria non è adatta alle donne.

Così è possibile riassumere l'assurda ed ottusa motivazione sostenuta dal giovane ambizioso Lépine.

Esiste un indirizzo di facoltà e di studio più opportuno ed idoneo agli uomini rispetto alle donne.

Questo il suo movente: «Quel posto è mio e lo sarebbe

stato se loro, in quanto femmine, avessero accettato le cose, presentando la loro domanda ad una facoltà più idonea alle donne e non ai maschi».

Resta ancora da chiarire cosa Lépine intendesse con facoltà di indirizzo più adatta alle donne, invece che agli uomini.

Superfluo sottolineare la poca importanza data alle inclinazioni ed alle predisposizioni individuali da parte del giovane studente.

Fermo restando l'inopportuna influenza di sesso e di genere nella scelta di studio di una facoltà universitaria piuttosto che di un'altra.

Secondo il giovane Lépine, pertanto, tali "femministe" studentesse sarebbero state colpevoli di aver sottratto, ingiustamente, il posto più adatto per tradizione agli uomini.

Lo scellerato studente mise per iscritto le motivazioni alla base di tale assurdo gesto compiuto.

Infine, si suicidò.

Venne descritto come un crimine commesso da un pazzo, folle, demente.

Nessuno. Né la stampa né la politica si occuparono, già a quel tempo, di circoscrivere tale gesto tra i crimini tipici degli *hate crimes*.

Quegli atti criminali la cui caratteristica è ravvisata nel proposito di utilizzare la violenza per conservare la supremazia di un gruppo su un altro, per ragioni di razzismo, omofobia, religione.

Solo quattordici donne.

Quattordici giovani ed ambiziosi studentesse.

Nulla di più.

Una passione in comune per l'ingegneria.

Nessuna colpa a carico delle ingiustificate vittime.

Appare evidente, quindi, come la politica di quel tempo già

rilevasse *tout court* carenti capacità di analisi di un fenomeno che di lì a poco si sarebbe diffuso in maniera esponenziale.

L'introduzione di una categoria autonoma di un reato *ad hoc* non venne mai considerata né realizzata, e la carente consapevolezza di allora, unitamente all'inadeguatezza di valutazione dei fatti svolti, risultò vana ed evanescente. Una disamina ricca di pregiudizi ardui da scardinare. Una problematica ed un fenomeno basato su un pregiudizio arcaico e molesto che tutt'oggi è ancora diffuso nei paesi di tutto il mondo.

Immagine 2 – Marc Lèpine, Università di Montreal, 6 dicembre 1989.

Immagine 3 – Le 14 studentesse assassinate da Marc Lépine.

CAPITOLO 5

EDV: GLOBAL FOUNDATION FOR THE ELIMINATION OF DOMESTIC VIOLENCE

EDV è un'organizzazione leader a livello mondiale nel contrasto alla violenza domestica, con base in UK.

EDV Global Foundation si propone di fornire l'expertise necessario, lavorando in partnership con agenzie internazionali e nazionali.

La Global Foundation si basa sulla promozione ed il rispetto degli inalienabili diritti umani aderendo ai dettami della Dichiarazione dei Diritti Umani delle Nazioni Unite, oltre che a quelli stabiliti dalla Carta delle Nazioni Unite sulla Violenza contro le Donne e le Bambine, e dalla Quarta Conferenza dell'Onu sulle Donne, congiuntamente, alla Convenzione Europea sui Diritti Umani ed alla Convenzione sulla Violenza Domestica del Consiglio d'Europa e degli Obiettivi di Sviluppo del Millennio.

In una prospettiva a livello globale i dati che emergono sono i seguenti:

- almeno una donna su tre nel corso della vita viene picchiata, costretta a rapporti sessuali o abusata in altro modo dal proprio partner;
- secondo i dati della Banca Mondiale, le donne tra i 15 e i 44 anni corrono maggiormente il rischio di essere stuprate e di subire violenza domestica che quello di contrarre il cancro, avere incidenti stradali, essere vittime di guerra o di malaria;

- molte ricerche su scala mondiale mostrano che l'omicidio nei confronti delle donne avviene nel 50% dei casi ad opera di mariti o ex mariti, di partner o ex partner;

- la violenza nei rapporti interpersonali è la prima causa di morte tra adolescenti e giovani;

- è sempre più evidente che l'abuso subito provoca conseguenze a lungo termine sulla salute della vittima e dei suoi figli;

- gli sforzi necessari per sottrarsi alla violenza possono avere un impatto economico devastante, provocando esclusione sociale, disoccupazione, povertà familiare. Interrompere la relazione con il maltrattante può significare per la vittima perdere il lavoro, la casa, l'assistenza sanitaria, la cura dei figli e l'accesso al reddito del partner;

- secondo il Center for Disease Control, negli Stati Uniti i costi dell'assistenza sanitaria alle vittime di violenza domestica superano annualmente i 5,8 miliardi di dollari.

Il sostegno di EDV a livello internazionale:

- riduzione dell'impatto umano ed economico della violenza domestica su scala globale;
- influenza sui governi nazionali, nello sviluppo di legislazioni ed implementazione di strategie e monitoraggi;
- valutazione dei rischi;
- sviluppo di strategie mirate;
- creazioni di tribunali specializzati;
- ricerche comparate fra paesi e sistemi diversi;
- sviluppo di campagne di sensibilizzazione;
- collaborazione con il mondo della scuola, dell'università, della ricerca;
- creazione di soluzioni sostenibili, ad impronta locale;
- monitoraggio, a livello territoriale e internazionale, degli esiti in merito a politiche sanitarie, sociali e giudiziarie;

- sviluppare reti;
- comunicazione e contatti con centri antiviolenza, associazioni di donne, organizzazioni della società civile;
- diffusione di informazioni in merito alla rilevanza politica e sociale della questione;
- condivisione collaborativa e di esperienze e pratiche efficaci;

5.1 EDV e il modello olistico nel contrasto alla Violenza Domestica

Un approccio olistico al contrasto della violenza domestica è ciò che contraddistingue EDV su scala globale.

Dal piano socio-sanitario, a quello economico-comunitario, fino ad investire quello giuridico-politico.

Lo schema di collaborazione e supporto è basato sullo sviluppo di reti funzionali, a larga scala, ed ottempera una funzione fondamentale e doverosa.

I differenti piani di azione e di lavoro che trovano un ruolo nella cooperazione costruttiva e finalizzata al contrasto del fenomeno sono capaci di risvegliare anche gli animi dei più scettici.

L'integrazione e lo sviluppo ad ampio raggio, unitamente all'investimento di risorse, sono alla base del funzionamento della EDV Global Foundation.

Senza tralasciare l'indubbia rilevanza del coordinamento delle distinte realtà territoriali in contatto tra loro.

Dal Parlamento ai Governi e Ministeri.

Un anello di congiunzione anche tra la polizia locale e nazionale ed il sistema giudiziario regolamentato.

Lo schema di cooperazione territoriale ed internazionale attuato integra diversi settori – tra i quali il socio-sanitario – con i servizi focalizzati sulle vittime, a scopo di prevenzione, tutela e protezione.
Inoltre, anche il settore economico e comunitario è posto in contatto con i gruppi della società civile, dei dottori di lavoro e dei mezzi di comunicazione (Mass media e quant'altro).

È pur vero che l'integrazione diretta di partnership e delle reti territoriali persegue lo scopo di investimento sul campo non solo dell'istruzione, ma anche della scuola e della ricerca.
Tutti fattori determinanti nell'impegno al contrasto della violenza domestica operato dalla Global Foundation.

Un progetto ad ampio raggio, quindi, quello di EDV.
Un impegno ad alto impatto sociale, su scala mondiale.

CAPITOLO 6

ESTRATTI DI CRONACA – GIORNALI E BLOG

6.1 Omicidi

Sorso (Sassari).

Una donna di 41 anni, di origine ceca, è stata uccisa dal suo ex compagno davanti alle sue due figlie gemelle di 11 anni. L'uomo un quarantacinquenne, sottoposto alla misura restrittiva del divieto di avvicinamento all'abitazione della donna, si è presentato sotto casa di lei e l'ha aggredita. Vano il tentativo della donna di rifugiarsi in un bar vicino a casa, nel Sassarese, insieme alle sue bimbe. Nessuno è riuscito ad intervenire davanti alla furia folle dell'ex compagno che ha colpito la donna al petto con un grosso coltello da cucina e ha poi caricato il corpo sanguinante della donna sulla sua BMW portando con sé anche le due gemelline. Dopo una fuga ed un inseguimento in auto di 40 minuti, l'uomo ha terminato la sua corsa in un parcheggio di un centro commerciale di Sassari, dove è stato bloccato e arrestato dalle forze dell'ordine.

(15 febbraio 2020)

Nuoro.

Un uomo di 49 anni, agente penitenziario ha ucciso l'ex moglie Romina Meloni, quarantanovenne. Ettore Sini ha fatto irruzione nell'abitazione della donna, dove viveva con il suo ex compagno Gabriele Fois, ed ha iniziato a sparare alla coppia,

prima verso Romina e poi verso l'ex compagno della vittima. Per lei non c'è stato nulla da fare, solo accertarne il decesso da parte degli operatori sanitari. L'ex compagno della donna, invece, anch'egli rimasto gravemente ferito dagli spari, si è salvato dopo 27 giorni di coma all'ospedale di Nuoro. L'ex marito di Romina Meloni è stato arrestato e condannato all'ergastolo.
(31 marzo 2019)

Arezzo.
Un uomo di 57 anni, di origine romena, ha ucciso la sua compagna dandole fuoco nella baracca in cui la coppia viveva. Da quanto ricostruito dalla polizia, all'origine del folle gesto, una lite tra Gueran Bunomi e la sua compagna, Maria Marin, quarantanovenne di origine romena. L'uomo ha dato fuoco alla compagna, che è riuscita a fuggire con gli abiti ed il corpo incendiato. La donna ha poi raggiunto, nella sua disperata corsa, un bar nelle vicinanze chiedendo aiuto. La barista ha chiamato i soccorsi, ma la donna è morta poco tempo dopo a causa delle gravissime ustioni riportate. L'uomo è stato arrestato.
(11 settembre 2014)

Segrate (Milano).
Un imprenditore del settore termoidraulico di Segrate ha posto fine alla vita della moglie sparandole mentre dormiva. Subito dopo si è suicidato con la stessa arma da fuoco utilizzata per l'omicidio della moglie. L'uomo, pensionato ma ancora in attività, ha motivato il suo gesto con l'incapacità di far fronte ad alcune difficolta economiche, che non sono state però riscontrate dagli inquirenti.
La moglie, di nove anni più giovane, non era al corrente delle presunte difficoltà economiche del marito.
(5 marzo 2013).

Mazara del Vallo (Trapani).

Rosalia Garofalo, di 52 anni, è stata trovata morta nella sua abitazione a Mazara del Vallo in provincia di Trapani. A dare l'allarme il marito, di 53 anni, Marcello Vincenzo Frasillo, che ha chiamato il pronto soccorso riferendo un malessere della moglie. I sanitari, una volta giunti sul posto, hanno solo potuto constatare il decesso della vittima. La donna è stata trovata riversa sul letto matrimoniale, con ecchimosi, tumefazioni e lividi su tutto il corpo. La polizia ha condotto il Frasillo in commissariato. L'uomo ha ammesso di averla picchiata, giustificando il gesto con un presunto tradimento da parte della donna. La vittima aveva già presentato in passato alcune denunce a carico dell'uomo per maltrattamenti e minacce in famiglia. La procura di Marsala ha disposto il fermo nei confronti dell'uomo.

(29 gennaio 2020).

Cave (Roma).

Una donna di 45 anni, Carmen Vermica, di origina romena, è stata uccisa con un colpo di pistola dal marito, Antonio Brigida, sessantanovenne, incensurato. L'uomo, dopo una lite scoppiata in casa, ha sparato alla moglie con l'arma da fuoco che deteneva legalmente dal 1999 per uso sportivo. Ad allertare le forze dell'ordine i vicini che, udendo gli spari, hanno chiamato i soccorsi, i quali una volta giunti nell'abitazione dove si è consumato il femminicidio hanno trovato l'uomo ancora con l'arma in mano. Antonio Brigida si è consegnato, spontaneamente, alle forze dell'ordine e senza opporre resistenza. Per la vittima, invece, non c'è stato nulla da fare, solo constatarne il decesso.

(7 maggio 2019).

Cesena.

Luca e Stefania, una giovane coppia, all'apparenza felice. Lui avrebbe fatto qualsiasi cosa per lei, sposarla e fare dei figli, ma lei, invece, diciannove anni, si era lentamente resa conto che non era più felice e che "quel ragazzo non faceva per lei". L'eccessiva gelosia di Luca e il suo essere violento la facevano stare male, fino al punto di decidere di lasciarlo e chiudere quella storia, ormai diventata una prigione infernale.

Lo aveva già lasciato tante volte, eppure lui riusciva sempre a riconquistarla. Un fiore, una falsa promessa. Ma la situazione ritornava sempre la stessa. Così, Stefania, esausta dalle violenze, ha deciso di porre fine alla loro storia, ma questa volta senza remore né ritrattazioni. E Luca capisce che è un no definitivo e aspetta Stefania davanti alla scuola. La colpisce. Non una. Non due, ma tredici volte. Stefania muore sul posto. Inutili i soccorsi.

(9 marzo 2011).

Pianura (Napoli).

Una donna di 52 anni è stata investita dal marito al volante della sua Fiat Tipo mentre si stava recando a lavoro. Inutili i tentativi di soccorso da parte dei passanti. L'uomo, dopo averla investita, l'ha caricata sull'auto sostenendo che avrebbe portato la donna in ospedale, ma lei non raggiungerà mai le porte del pronto soccorso. L'auto, invece, alla folle guida dell'uomo percorrerà poche centinaia di metri prima di arrestarsi nuovamente. Pina Di Fraia viene strattonata e incendiata dal marito, Vincenzo Carnevale. Gravissime le ustioni riportate dalla donna che è morta dopo tre giorni di agonia.

(20 febbraio 2013)

Roma.
Una famiglia distrutta dal dolore dell'omicidio del piccolo Claudio, 16 mesi, ucciso dal padre, Patrizio Franceschelli che lo ha gettato nelle acque del Tevere dopo averlo strappato dalle braccia della nonna materna. La donna ha definito il genero come un uomo violento e padre padrone che massacrava di botte la figlia.
(4 dicembre 2012)

Imola.
Una donna cinquantenne, di origine romena, Cornelia Pascalau, è stata trovata morta nella villetta dove viveva con il marito, un artigiano di 52 anni, Ioan Pascalau, anch'egli di origine romena. I litigi erano frequenti, così come anche le grida della donna, dichiarano i vicini, e provenienti dalla villetta dove la vittima è stata trovata senza vita. L'ennesimo litigio, forse, all'origine del brutale gesto che non riporterà più in vita la cinquantenne. Ora solo il silenzio, non più urla né grida dalla casa, posta sotto sequestro dagli inquirenti. Unico indagato è il marito. La procura ha disposto la convalida del fermo per l'uomo.
(10 marzo 2020)

6.2 Violenza psicologica

Fermo.
Una giovane donna ha subito ogni giorno e per mesi violenze psicologiche e fisiche agite dal convivente, che le ha impedito di uscire di casa da sola e in sua assenza anche solo per comprare il pane e le sigarette. La vittima si è recata alla stazione di polizia di Fermo e dopo aver raccontato tutto agli

inquirenti ha denunciato il convivente. L'uomo è stato messo agli arresti domiciliari.

(2 settembre 2019)

Trento.

Dopo anni di soprusi e violenze, una donna decide di rivolgersi ad uno psicologo. Dalle sedute, è emerso che la donna era completamente soggiogata e vittima di violenze piscologiche agite da parte del convivente: «Non ero padrona di me stessa. Non potevo avere neanche le chiavi di casa, così se dovevo uscire dovevo necessariamente avvisarlo».

(3 marzo 2013)

Viareggio (Lucca).

Un calvario fatto di telefonate e appostamenti. Una giovane donna scopre che l'uomo che diceva di amarla ha una seconda vita. Ha già una moglie e figli.

Così decide di interrompere la relazione. Ma da quel momento, ha inizio per lei un inferno fatto di telefonate insistenti, dove si alternano momenti di silenzi e sospiri, a minacce esplicite e dirette rivolte alla giovane donna, che terrorizzata si è presentata al commissariato di polizia di Viareggio dove ha presentato denuncia contro il suo ex, per stalking e minacce, temendo per la propria incolumità.

L'uomo, incurante, ha continuato a telefonare e a molestare la giovane donna.

(10 Novembre 2012)

Salerno.

Maltrattamenti, violenza, minacce di morte. Sequestrata in casa ogni volta che lui usciva per andare a fare la spesa o al lavoro.

È stata questa la vita di una donna di 52 anni. Minacciata e segregata in casa per mesi dal marito trentaquattrenne. La donna è stata salvata, dopo una segnalazione alle forze dell'ordine che hanno intercettato l'abitazione dove la donna era segregata.

(10 maggio 2012)

Loreto Aprutino (Pescara).

Un uomo, di 50 anni chiamava i figli e la moglie con i numeri invece che con i loro nomi per "depersonalizzare" i suoi familiari. La moglie era il numero "2", mentre le figlie erano i numeri "3", "4" e "5", invece lui era il numero "1".

L'uomo si sarebbe reso responsabile anche di altri maltrattamenti e vessazioni nei confronti dei familiari, a cui impediva di avere contatti con il mondo esterno.

Dopo la denuncia da parte della moglie, sono state avviate le indagini.

L'uomo è stato arrestato dai Carabinieri.

(17 giugno 2018)

6.3 Violenza fisica

Roma.

Una donna ha subito violenze domestiche dal compagno per più di 13 anni a Roma. Morsi, schiaffi, pugni, calci, colpita anche con parti di ante di armadio. L'uomo ha minacciato la compagna di bruciarla con l'acido nel caso in cui avesse raccontato la verità ai medici o alla polizia. "Morsi di un cane", "Caduta accidentale in cucina", "Caduta dal ciclomotore": sono solo alcune delle scuse dichiarate ai medici per occultare la verità.

Poi l'ultimo accesso in ospedale.

Ecchimosi in tutto il corpo, l'ulna e radio fratturati e il protocollo EVA (che segnala i vari referti ed interventi sospetti alle forze dell'ordine).

Così è partito l'allarme tra gli agenti del commissariato Colombo della capitale, che hanno rintracciato la vittima nella sua abitazione.

Poi la denuncia da parte della donna nei confronti del compagno.

Il GIP del tribunale di Roma ha emesso la misura cautelare in carcere nei confronti dell'uomo.

(23 maggio 2019)

Foligno.

Un uomo trentatreenne, di origine albanese, irregolare sul territorio italiano, ha segregato, picchiato e violentato l'ex compagna, nella sua casa di Foligno, per tre giorni ininterrotti riempiendola di botte e di abusi. Finché non ha deciso di uscire e di portarla con sé a Castel Romano (centro commerciale appena fuori Roma).

La giovane donna, ventottenne e madre di due figli, ha tentato la fuga aprendo lo sportello dell'auto e gettandosi nel parcheggio dell'outlet, dove ha chiesto aiuto e ha attirato l'attenzione dei passanti.

L'uomo ha cercato di farla risalire in auto con schiaffi e pugni, incurante della gente presente. Le guardie giurate dell'outlet l'hanno così soccorsa, mentre lui è fuggito a bordo dell'auto. L'uomo è stato identificato grazie alle telecamere dell'outlet che hanno ripreso il tutto ed il numero di targa del veicolo che ha permesso di rintracciarlo, bloccarlo e di arrestarlo. Ora l'uomo è in carcere a Spoleto.

(5 agosto 2019)

Napoli.
Medaglia d'oro olimpica, una coppa del mondo, ma in casa un marito violento. Per lui l'accusa di maltrattamenti in famiglia, atti persecutori e lesioni personali gravi.
L'ultimo episodio di violenza nei confronti della moglie: è stata presa a calci in pieno volto con il suo bimbo di due anni in braccio.
Per il piccolo, la salvezza. La donna è stata portata in salvo insieme ai figli dalle forze dell'ordine.
(26 agosto 2010)

Reggio Emilia.
Una donna ha subito per dieci anni violenze e vessazioni da parte del marito. Le violenze erano agite anche nei confronti dei figli. Inutile interrompere la convivenza nel 2011, perché dai maltrattamenti in famiglia, l'uomo è passato ad agire nei confronti della moglie con atti persecutori dannosi e minacciosi.
La procura di Reggio ha disposto un provvedimento lampo restrittivo di misura cautelare nei confronti del marito, che è stato arrestato dalle forze dell'ordine.
(9 marzo 2013)

Ortona (Chieti).
Calci e schiaffi dal suo ex convivente, di 36 anni. È quello che è accaduto ad una donna di 40 anni, di Ortona, che è stata aggredita nell'abitazione dove si era recata per affidargli i figli con i quali avrebbe dovuto trascorrere il weekend, a seguito della separazione.
(11 marzo 2013)

Bernareggio (Monza).
Una donna, 43 anni, italiana, picchiata, minacciata di

morte e costretta a restare in casa senza alcun contatto con l'esterno. L'orco: il marito, che l'avrebbe costretta a subire botte e minacce di morte, rivolte anche ai familiari di lei. Le ha sequestrato il cellulare e le ha impedito di usare il pc per connettersi a internet. L'uomo, scoperto a chattare con altre donne, ha picchiato la quarantatreenne colpendola con una mensola e minacciandola di morte: «io ti sgozzo».

La donna, terrorizzata, ha chiesto la separazione.

Durante l'ultima lite, ad inizio aprile, l'uomo avrebbe tentato anche di soffocarla.

Lei, a quel punto, è scappata in auto e ha chiesto aiuto al 112.

Salvata dai Carabinieri, la donna ha finalmente trovato la forza di denunciare anni di segregazione ed abusi.

(25 aprile 2019)

Sasso Marconi (Bologna).

Un quarantanovenne di Sasso Marconi si è presentato a casa dell'ex moglie verso le sei del mattino e avrebbe iniziato a minacciarla e a discutere per questioni di gelosia e per il mantenimento del figlio adolescente.

L'uomo, durante la lite, ha estratto un coltello e ha colpito la donna ad una gamba.

Poi, è sceso in strada e ha infranto i finestrini dell'auto della donna e di un'altra machina parcheggiata nelle vicinanze.

I vicini di casa sono accorsi e l'uomo non ha risparmiato neanche loro, colpendoli con schiaffi e calci.

La posizione dell'uomo è al vaglio dei Carabinieri.

(6 aprile 2019).

6.4 Violenza sessuale

Bolzano.

Stava ritornando in bicicletta a casa dopo la scuola. Una sedicenne è stata aggredita e violentata sessualmente in pieno giorno, lungo la pista ciclabile a due passi dall'Accademia europea di Bolzano.

Due uomini, di nazionalità nigeriana, uno dai capelli rasta, che l'avrebbe colpita al volto, mentre l'altro l'avrebbe spinta tra i cespugli fino a lasciarla quasi incosciente e abusando a turno sessualmente della ragazza.

La sedicenne, dopo aver ripreso conoscenza ed essersi liberata, è riuscita a trascinarsi sulla passeggiata e a chiedere aiuto ai passanti che l'hanno subito soccorsa e hanno chiamato le forze dell'ordine.

La polizia intanto ha fermato due uomini sospettati della violenza sessuale.

(8 maggio 2019).

Torino.

La vittima ha appena confermato un quarto di secolo di violenze.

Ha spiegato di essere stata «la schiava di casa» da quando aveva nove anni.

In un primo momento oggetto delle attenzioni del papà, secondo la procura percepito «come una specie di marito».

Poi, finita a consolarsi tra le braccia del fratello Michele, «diventato una sorta di amante». Infine, in balia sia del padre che del fratello, che se la contendevano «come si può litigare per una puttana».

(31 marzo 2009)

Lecce.

Un ragazzo di 23 anni è stato indagato dalla procura di Lecce per i maltrattamenti in famiglia agiti nei confronti della madre e delle sorelle. Giudicato con il rito abbreviato, il giovane ha anche dovuto rispondere per gli atti sessuali imposti nei confronti della sorella che soffre di disabilità mentale.

(15 marzo 2013)

Taranto.

Una bambina di dieci anni è stata vittima di attenzioni e abusi sessuali da parte del domestico che lavorava in casa. L'uomo, un cinquantaquattrenne di origine cingalese, lavorava come domestico nella casa di famiglia già da diversi anni.

Si era conquistato la fiducia della famiglia.

In diverse occasioni avrebbe avuto la possibilità di passare del tempo con la bambina anche in assenza dei genitori. A causa delle attenzioni del domestico, la bambina aveva cominciato a soffrire di disturbi nervosi e problemi fisici.

A denunciare è stata la madre che si sarebbe insospettita a seguito di alcune confidenze fatte dalla figlia sul proprio aspetto. Le indagini svolte hanno portato all'arresto dell'uomo con l'accusa di violenza sessuale su minore.

(7 maggio 2019).

6.5 Violenza economica

Pavia.

Una donna di 35 anni ha lasciato la pasticceria dove lavorava, dopo la gravidanza.

A consigliarla era stato il marito, garantendole che a provvedere a tutto sarebbe stato lui. La donna non poteva decidere su nulla. Era lui a decidere la «spesa da fare e le calze da comprare» e «generoso» nel concederle «una paghetta settimanale per le piccole necessità».

«Ma quando mi è stato negato il denaro per comprare il pane sono crollata: i nervi hanno ceduto e io con loro. Mi ero totalmente affidata a mio marito, tanto da aver perso fiducia in ogni mia azione. A salvarmi è stato il ricovero in ospedale».

(4 aprile 2012)

Torino.

Una donna, cinquantenne, ha subito per anni abusi, botte e violenze da parte del marito. Aveva rinunciato alla sua carriera per lavorare con lui.

Era lui che decideva tutto. Quando e dove fare la spesa, cosa comprare.

Era lui a decidere qualsiasi cosa. Dopo anni di soprusi e il divorzio, lei si è ritrovata a dover far fronte alle migliaia di euro di debiti che il marito le aveva lasciato. L'uomo, si è poi scoperto, utilizzava la carta d'identità della donna e faceva cose a sua insaputa, bolli non pagati, decine di multe evase.

(25 novembre 2019).

Campobasso.

Per quindici anni una donna di 45 anni, che lavorava nel settore dell'abbigliamento, ha permesso che a gestire le entrate della famiglia fosse il marito.

Il denaro le veniva requisito alla fine di ogni mese. Lei non si era mai opposta per debolezza, quieto vivere, ma soprattutto fiducia in suo marito.

La dipendenza economica, però, l'aveva portata all'isolamento dal mondo.

«Non potevo telefonare, andare al cinema e nemmeno usare la macchina per fare la spesa, perché tutto era centellinato sulla base delle sue regalie», ricorda.

Una schiavitù tollerata a suon di emicranie lancinanti e attacchi di ansia.

La liberazione è avvenuta quando ha scoperto di non essere l'unica donna nella vita del marito.

(4 aprile 2012)

Gorizia.

Lei lavora, ma quando alla fine del mese arriva lo stipendio, lui glielo trattiene. Verifica ogni spesa in modo maniacale controllando tutti i conti fino all'ultimo centesimo. Le fa pesare ogni uscita.

Nei primi sei mesi del 2012, 157 donne si sono rivolte ai due centri di ascolto presenti nell'Isontino.

Nell'83,35 percento dei casi si tratta di italiane.

Solo il 14,65 percento del totale è composto da straniere e in questo caso su 23 denunce totali, 21 arrivano da extracomunitarie. (26 settembre 2012)

Piacenza.

La donna ha trovato il coraggio di rivolgersi alla questura dopo anni di soprusi.

Prima aveva paura di perdere i figli.

Il marito aveva dapprima iniziato a opprimere la moglie psicologicamente, arrivando addirittura a negarle i soldi per la spesa per evitare che lei uscisse di casa da sola.

La donna, 35 anni, per dare da mangiare alle figlie, ha dovuto elemosinare soldi e aiuto ad estranei e qualche vicino di casa.

Fino a quando non sono iniziati i maltrattamenti veri e propri. Schiaffi, calci, botte e percosse, che in più di un'occasione hanno costretto la donna a recarsi in ospedale per chiedere aiuto ai medici del pronto soccorso.

Ma il marito, astutamente, si feriva a sua volta da solo, per poi incolpare la moglie di averlo colpito, una volta trovatosi dinanzi agli inquirenti.

(3 novembre 2009)

CONCLUSIONI

Nello studio dell'analisi sul fenomeno della violenza e nell'accettare che tali oscenità siano fatti realmente accaduti e vissuti, si nota come le protagoniste violate siano donne dalle più svariate culture e religioni.

È doveroso accertare che tale fenomeno ha investito la vita delle vittime in modo non solo deplorevole, ma, innanzitutto, inaccettabile.

Assistere, sovente, al cambiamento della propria esistenza, essendo risucchiate all'interno di un limbo infernale paragonabile alla spirale della violenza stessa, tra perpetrazione della violenza psicologica e abusi non solo fisici ma, spesso, anche di natura economica, evidenzia la controversa relazione che contraddistingue in modo notevole la natura dell'uomo, inteso come persona di sesso maschile, e quello della donna, inteso come persona di sesso femminile.

Quando il concetto arcaico di differenziazione di ruoli e di poteri riguardava, ancora, antichi concetti e *modus vivendi*, appariva plausibile una tale concezione, ma la realtà dei fatti ha governato un'esistenza umana, fatta di evoluzione e di conquista.

Allo stesso modo, utilizzato dagli antichi popoli, quando colonizzavano le terre, così la storia delle donne insegna come quest'ultime abbiano dovuto lottare per conquistare diritti a loro appartenenti dalla nascita.

La conquista di qualcosa che già possedevano, in quanto appartenenti ad un'unica categoria, quella degli essere umani, è qualcosa di assolutamente ingiusto.

I dati allarmanti ed i monitoraggi svolti dai centri antiviolenza, provenienti dalle città di tutto il mondo, pullulano di raccapriccianti storie di violenza, abusi, maltrattamenti e privazioni.

Lottare contro l'arcaico stereotipo di subordinazione e potere è un problema attuale.

Lo stereotipo, dal greco *stereós* - rigido; e *typos* - impronta. Veniva utilizzato nel mondo della tipografia e indicava una piastra di metallo sulla quale veniva impressa un'immagine. Lo scopo di tale operazione risiedeva nel poter permettere la duplicazione perfetta d'impronte (fatta su carta stampata) che altrimenti sarebbero state diseguali tra loro.

«Gli stereotipi sono i nuclei cognitivi dei pregiudizi, i quali a loro volta sono fautori di un'ideologia sessista, radicatasi nel tempo e nella storia dell'umanità».

La violenza di genere, quella domestica e quella perpetrata nelle sue svariate forme, incarna una problematica di allarme globale.

A tutt'oggi, un male da estirpare.

La violenza di genere è un fenomeno sociale difficile da contrastare.

Nell'oceano di oscenità e malvagità agite nei confronti di donne vittime di violenza, si è assistito e ancora si assiste allo scempio di storie deplorevoli e necessitanti di maggiore tutela.

Uno o più diritti umani inviolabili usurpati.
Una o più storie trapelanti bestialità.
La violenza di ogni tipo.
Un fenomeno sociale.

Un male, ancora, da combattere, difficile da contrastare.
Allo studio degli atti, nei tribunali e nelle istituzioni competenti, emergono dati sconcertanti, storie portatrici di orrore e oscenità. Storie di matrimoni e "amori" falliti, finiti, mai cominciati. Mai nati.
Perché: L'AMORE È UN'ALTRA COSA.

BIBLIOGRAFIA

– AA.VV., (2006), *La violenza domestica: come prevenirla, gestirla e valutare il rischio di recidiva*, Roma, AIPC, p. 111.

– Agnello Hornby Simonetta con Calloni Maria, (2013), *Il male che si deve raccontare: per cancellare la violenza domestica*, Milano, Feltrinelli, p. 188.

– Associazione L'Albero di Antonia Centro Antiviolenza Orvieto, (a cura di), (2016), *Fare centro: donne insieme libere dalla violenza*, Terni, Umbria Volontariato Edizioni, p. 98.

– Babini Valeria, Filippi Valentina, Pelotti Susi (a cura di), (2013), *Contro la violenza sulle donne: voci dall'Ateneo di Bologna*, Bologna, Pendragon, p. 139.

– Boiano Ilaria, prefazioni di Manente Tamara e di Pitch Teresa, (2015), *Femminismo e processo penale: come può cambiare il discorso giuridico sulla violenza maschile contro le donne*, Roma, Ediesse: CRS, p. 340.

– Cocchiara M. Antonella (a cura di) (2014), *Violenza di genere, politica e istituzioni*, Milano, Giuffrè, VI, p. 408.

– Coco Paola, (2012), *La tutela della libertà individuale nel nuovo sistema anti-stalking*, Napoli, Jovene, p. 310.

– Coco Paola, *Il c.d. femminicidio: tra delitto passionale e ricerca di un'identità perduta.*

– Comune di Pistoia, Provincia di Pistoia, Pari opportunità, Provincia di Pistoia Consigliera delle pari opportunità, (tra 2013-2014), *Contrastare il femminicidio: nuovi strumenti, nuove prospettive: la Legge n. 119/2013, le nuove forme di protezione delle vittime, il recupero del soggetto maltrattante: atti della giornata di studio 25 novembre, Antico Palazzo de' Vescovi*, Pistoia, p. 80.

– Depalmas Cristiano, Cilio Maria Grazia, (2012, stampa

2013), *La voce nel silenzio: la violenza assistita*, Roma, Aracne, p. 108

– Diaz Rossella, Garofano Luciano, prefazione di Palombelli Barbara, postfazione di Meluzzi Alessandro, (2013), *I labirinti del male: femminicidio, stalking e violenza sulle donne: che cosa sono, come difendersi*, Formigine, Infinito, p. 174.

– Filice Fabrizio, (2019), *La violenza di genere: i reati di genere, i delitti relazionali, le discriminazioni nel mondo del lavoro; le reti antiviolenza territoriali, la protezione della vittima dopo la richiesta di archiviazione; la formazione della prova: l'ascolto della vittima; misure cautelari e misure di sicurezza: il divieto di avvicinamento alla P.O., la valutazione del rischio di recidiva, i protocolli di risk assessment; la protezione della vittima dopo la condanna; il risarcimento del danno da violenza di genere, la legge sugli orfani di femminicidio*, Milano, Giuffrè Francis Lefebvre, p. 99.

– Garofano Luciano, Andrea Conz, Luigi Levita, (2013), *Femminicidio: commento organico al D.L. 14 agosto 2013, n. 93, convertito dalla L. 15 ottobre 2013, n. 119, in materia di sicurezza e di contrasto alla violenza in genere*, Roma, Dike Giuridica, XXXVIII, p. 346.

– Garofoli Roberto, (2013), *Diritto penale: aggiornato a D.L. 14 agosto 2013, n. 93 conv. con modif. in L. 15 ottobre 2013, n. 119 (disposizioni urgenti in materia di sicurezza e per il contrato della violenza di genere); D.L. 1 luglio 2013, n. 78 conv. con modif. il L. 9 agosto 2013, n. 94 (disposizioni urgenti in materia di esecuzione della pena) ed ultimissima giurisprudenza 2013*, Roma, Neldiritto, XIV, p. 521.

– Left (a cura di), (2018), *Contro la violenza sulle donne*, Roma, Editoriale Novante, p. 95.

– Marani Simone, (2014a), *Reati contro la donna, excursus normativo: violenza sessuale, stalking, prostituzione, maltrattamenti, femminicidio*, Milanofiori, Assago: Altalex, p. 348.

– Marani Simone, (2014b), *La nuova fattispecie di maltrattamenti contro familiari e conviventi*, Matelica, Nuova giuridica, p. 231.
– Merli Antonella, (2015), *Violenza di genere e femminicidio: le norme penali di contrasto e la Legge n. 119 del 2013 (c.d. Legge sul femminicidio)*, Napoli, Edizioni scientifiche italiane, p. 146.
– Pidone Francesca, (2014), *Amori violenti: riconoscere, prevenire, contrastare la violenza sulle donne*, Milano, Mursia, p. 194.
– Pitino Arianna (a cura di), prefazione di Pezzini Barbara, postfazione di Maione Valeria, (2015), *Interventi di contrasto alla discriminazione e alla violenza sulle donne nella vita pubblica e privata: un'analisi multidisciplinare*, Torino, Giappichelli, XII, p. 238.
– Romito Patrizia, (2000), *La violenza di genere su donne e minori: un'introduzione*, Milano, F. Angeli, p. 128.

Sitografia

www.ilfattoquotidiano.it
www.repubblica.it
www.romatoday.it
www.tgcom24.mediaset.it
www.agi.it
www.ansa.it
www.roma.corriere.it

- Indice -

Albatros